AF309562

GASTON PARIS

LA LITTÉRATURE NORMANDE

AVANT L'ANNEXION

(912-1204)

DISCOURS

Lu à la Séance publique
De la Société des Antiquaires de Normandie
Le 1ᵉʳ Décembre 1898

———— ✳ ————

PARIS

LIBRAIRIE ÉMILE BOUILLON, ÉDITEUR

67, rue de Richelieu, au premier

1899

(17)

GASTON PARIS

LA LITTÉRATURE NORMANDE

AVANT L'ANNEXION

(912-1204)

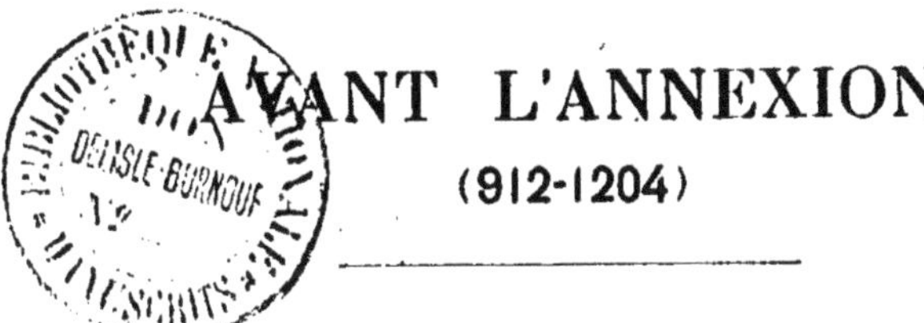

DISCOURS

Lu à la Séance publique
De la Société des Antiquaires de Normandie
Le 1ᵉʳ Décembre 1898

PARIS

LIBRAIRIE ÉMILE BOUILLON, ÉDITEUR

67, rue de Richelieu, au premier

1899

Caen. — Imprimerie HENRI DELESQUES, rue Froide, 2 et 4.

Messieurs,

L'honneur que vous m'avez fait en me choisissant
cette année pour être le Directeur de votre Société
m'est particulièrement cher en ce qu'il a quelque
chose d'héréditaire. Vous l'avez, il y a trente ans,
conféré à mon père, et je ne doute pas que la bien-
veillance qui a dicté votre choix actuel n'ait en
partie sa source dans un souvenir qui, à moi aussi,
m'est toujours resté présent. Je me rappelle en
effet combien mon père fut sensible à la marque
d'estime et de sympathie que vous lui aviez donnée,
et avec quel plaisir il s'acquitta de la tâche que lui
imposait votre désignation. Il y voyait la preuve
que les études auxquelles il avait consacré sa vie,
auxquelles il avait donné non seulement le meilleur
de son travail, mais le meilleur de son cœur, trou-
vaient parmi vous l'accueil qu'elles ne rencontraient
pas encore partout, et il était heureux et fier que
vous en eussiez vu en lui le représentant le plus
autorisé. Aussi vous entretint-il de ces études dans

son discours, où il aborda plusieurs points de littérature et d'archéologie médiévale, et qui reste un des morceaux les plus intéressants de vos précieux Mémoires.

C'est, à mon tour, d'un sujet relatif à ces mêmes études, que j'ai reçues de lui comme un patrimoine cher et sacré, que je parlerai aujourd'hui; j'ai voulu qu'il se rattachât à l'histoire d'un pays auquel m'unissent depuis quelques années des liens intimes. Champenois de naissance, comme mon père, je suis devenu Normand d'adoption, et l'intérêt que les glorieuses destinées de votre belle province éveillent chez tous les historiens de notre patrie est devenu pour moi un intérêt de cœur. Les Normands ont eu de tout temps une belle part dans l'évolution de notre littérature, et à plus d'une reprise l'esprit qui leur est propre l'a profondément marquée de son empreinte. On le sait assez pour les temps modernes. On connaît moins, malgré des travaux estimables, ce qu'ont fait vos ancêtres pour la littérature en langue vulgaire au moyen âge, et surtout dans la longue période qui a précédé l'annexion de la Normandie au domaine royal. C'est sur cette période que je voudrais appeler votre attention ; c'est la littérature normande d'alors dont je voudrais vous parler en toute liberté, au risque de choquer certains préjugés, assuré que le vrai patriotisme provincial, comme le vrai patriotisme national, veut avant tout s'ap-

puyer sur la vérité, écarte les illusions, et cherche à
fonder la conscience du présent et l'espérance de
l'avenir sur la connaissance exacte et le sentiment
juste du passé. Si d'ailleurs je dois combattre
quelques erreurs et quelques exagérations assez
répandues, qui assignent aux Normands, dans les
origines de votre littérature, une part qui n'est pas
la leur, celle que je revendiquerai pour eux sera
encore assez belle, et elle aura l'avantage d'être
parfaitement légitime, en même temps qu'elle sera,
comme vous le reconnaîtrez, je pense, tout à fait
conforme à ce qui est votre génie propre, à ce qui,
dans la grande famille française, fait votre vraie
originalité.

Entendons-nous d'abord sur ce qu'il faut comprendre par ce nom de « Normand ». Il est trop
clair qu'il ne peut s'appliquer à vos prédécesseurs
sur le sol natal qu'à partir du Xe siècle, et je ne
rappellerais pas une vérité aussi évidente s'il n'y
avait dans plusieurs des assertions relatives à l'activité littéraire des Normands une confusion incons-
ciente à ce sujet. Mon ami Hermann Suchier,
professeur à Halle, — un de ces enfants qu'a fait
perdre à la France la déplorable révocation de l'édit
de Nantes, — publie depuis quelques années une
Bibliotheca Normannica qui, je l'espère, est aussi
appréciée et répandue en Normandie qu'elle mérite
de l'être par l'intérêt des textes publiés et l'excel-

lence des éditions. L'avant-propos du premier volume est un dithyrambe en l'honneur des Normands et de leur part dans l'évolution de notre ancienne littérature. En voici le passage le plus saillant, dont j'essaie de conserver l'allure enthousiaste et le beau mouvement poétique :

Le berceau de la littérature française a été l'héroïque Normandie. C'est là que l'esprit chevaleresque du moyen âge français, du moyen âge en général, est arrivé à son premier épanouissement ; c'est là que pour la première fois se montre la belle fée de la poésie romantique *(die holde Fee Romantik)*, qui comble de ses dons l'enfant encore sommeillant dans son berceau. Les fils du Nord, amis des légendes héroïques, furent les pères nourriciers de l'enfant ; ils le bercèrent sur leurs boucliers arrondis ou sur leurs barques agiles, et pour compagnes de jeux ils lui donnèrent les vagues de la mer (1).

Et aussitôt le savant professeur de Halle nous parle de l'accueil que firent les Normands, une fois devenus maîtres de l'Angleterre, aux traditions anglo-saxonnes. Ils n'accueillirent pas moins volontiers, je le dirai tout à l'heure, les traditions celtiques ; mais cela prouve surtout leur esprit d'adaptation et ne se produit qu'à une période où les Normands étaient déjà complètement roma-

______

(1) *Bibliotheca Normannica. Denkmäler Normannischer Literatur und Sprache herausgegeben von* Hermann Suchier. I. *Reimpredigt.* Halle, Niemeyer, 1879, p. vii.

nisés. Il continue : « Ce qui nous est arrivé, jusqu'à l'année 1060, de littérature française est pour la plus grande part composé en dialecte normand. » Je ne sais, j'en conviens, ce qu'entend au juste par là mon savant ami. Il ne peut vouloir parler des documents qui par leur écriture sont antérieurs à 1060, car de ces documents, qui sont, comme on le sait, au nombre de cinq (1), aucun n'a été ni composé ni écrit dans la région normande, et les trois premiers sont antérieurs à l'établissement des Normands en France. Il entend donc, sans doute, outre la *Vie de saint Alexis*, écrite, en effet, selon toute apparence, en Normandie vers 1040, la composition première des poèmes dont nous n'avons que des formes postérieures, et avant tout des chansons de geste, et je suppose qu'il a surtout pensé à la *Chanson de Roland*, car de dire que le *Pèlerinage de Charlemagne* (vers 1060), œuvre essentiellement parisienne, est d'un Normand, et que les poèmes de *Raoul de Cambrai*, d'*Oger le Danois*, de *Gormond et Isembard*, et tant d'autres, ont pris naissance en Normandie, c'est ce qui n'a pu venir à la pensée d'un critique aussi informé et aussi perspicace. En ce qui concerne la *Chanson de Roland*, c'est ici qu'il faut rappeler la vérité banale que je

(1) Les Serments de Strasbourg (842), la séquence de *Sainte Eulalie*, le fragment d'homélie sur Jonas (fragment de Valenciennes), la *Vie de saint Léger* et la *Passion* (poèmes de Clermont).

signalais tout à l'heure. La première origine de ce
beau poème paraît devoir être cherchée dans la
partie occidentale de la Neustrie, dans cette marche
de Bretagne dont Roland était comte, et qui, peut-
être, comprenait aussi l'Avranchin ; mais si vous
pouvez revendiquer parmi vos ancêtres ceux qui
composèrent les premiers chants sur le vaincu de
Roncevaux, vous ne pouvez les appeler des « Normands ». L'inspiration de ce poème, toute française
et royale, remonte à un temps antérieur à celui où
l'établissement des Danois en Neustrie créa, comme
nous le verrons, une petite nationalité distincte de
la nationalité française et fort peu disposée à s'en-
thousiasmer pour la royauté de Laon ou de Paris.
Il est vrai que les Normands adoptèrent plus tard
la *Chanson de Roland :* ils la chantaient, chacun
le sait, à la bataille de Hastings, et ils ont même
introduit dans la rédaction qui nous est parvenue
leur duc Richard *le Vieux*, devenu contemporain
de Charlemagne ; mais ils ne l'ont pas créée, pas
plus qu'ils n'ont créé l'épopée fécdale française,
qui existait avant qu'il n'y eût des Normands en
France et à laquelle ils n'ont pris aucune part
active.

Cela se comprend de soi, Messieurs, si nous
considérons que les Danois, qui depuis tant d'années ravageaient le pays, pillaient les villes, brû-
laient les églises, massacraient les hommes, enle-
vaient les femmes, ne pouvaient être envisagés par

les Français que comme des ennemis (*A furore Normannorum libera nos, Domine !*) et ne pouvaient eux-mêmes entrer dans les sentiments qui avaient produit en France, en une langue qu'ils ne comprenaient pas, une poésie qui, dans quelques-unes de ses productions, comme *Gormond et Isembard*, était précisément dirigée contre eux. Quand ils s'établirent dans la magnifique province à laquelle ils devaient donner leur nom, l'épopée française était dans la période de sa plus féconde activité. Les Danois ne tardèrent guère, on le sait, à se franciser : s'ils avaient amené avec eux quelques femmes, ils en prirent bien plus dans la population indigène ; leurs fils parlèrent peut-être encore la langue paternelle à côté de celle de leurs mères, mais leurs petits-fils, après un second croisement, ne connurent plus que celle-ci. La nation nouvelle qui résulta de cette fusion montra de bonne heure parmi ses qualités maîtresses une rare faculté d'assimilation. Français de langue et de religion, bientôt aussi d'institutions et de mœurs, elle ac cueillit volontiers l'épopée française : outre la *Chanson de Roland*, nous savons par Orderic Vital que les jongleurs avaient introduit en Normandie les chansons sur Guillaume d'Orange (1), et sans doute bien d'autres ; mais il ne paraît pas y avoir

(1) « Vulgo canitur a joculatoribus de illo cantilena » (éd. Le Prévost, l. VI, c. 1) Le livre VI d'Orderic Vital a été écrit vers 1131.

eu de chansons de geste proprement normandes.
On en a signalé deux comme telles : le *Couronnement de Louis* (ou plutôt la seconde « branche » de
ce poème cyclique), dont le héros, sous le nom de
« Guillaume *au court nez* », aurait été le Normand
Guillaume de Montreuil, et la *Vengeance de Rioul*,
qui a rapport à l'assassinat du duc Guillaume
Longue-Épée. Pour la première, il a été démontré
depuis longtemps qu'il y avait eu une méprise de
l'illustre savant étranger auquel on devait cette
hypothèse (1); pour la seconde, il paraît certain
que ce poème, malheureusement perdu, qui nous
est connu par une allusion de Wace et un résumé
de Guillaume de Malmesbury, loin d'être d'inspiration normande, était hostile aux Normands et
présentait le meurtre du duc Guillaume comme un
acte de légitime vengeance de la part de vassaux
atrocement offensés, et même de justice de la part
du roi de France (2). Je ne crois pas qu'on puisse

---

(1) Voyez le résumé des discussions relatives à ce point dans
le livre de Léon GAUTIER, *Les épopées françaises*, t. IV (2ᵉ éd.,
1882), p. 95-98. — P. PARIS avait d'autre part voulu reconnaître
dans le héros de la seconde branche du *Couronnement de Louis*
Guillaume *Fièrebrace*, l'un des fils de Tancrède de Hauteville, et
tout récemment M. R. ZENKER a repris et essayé de justifier cette
identification, d'où résulterait pour la branche II une origine
normande (voy. *Beiträge zur Romanischen Philologie. Festgabe für Gustav Gröber*, Halle, 1899, p. 171-232), mais, à mon
sens, il n'y a pas réussi.

(2) Voy. *Romania*, t. XVII, p. 276 (cf. t. XXII, p. 576).

attribuer aux Normands aucune autre de nos chansons de geste.

Ce n'est pas qu'ils n'eussent sur leurs princes des traditions populaires. L'histoire bien connue des bracelets d'or suspendus à un arbre par Rollon et qu'il retrouva intacts au bout d'un an, tant était grande la terreur qu'inspirait sa justice, nous a conservé une trace, — presque la seule, — de la survivance de légendes scandinaves dans le souvenir des immigrés : c'est en effet bien probablement, comme l'a montré M. Joh. Steenstrup, une adaptation de la légende toute pareille du roi danois Frode « le Pacifique » (1). Le petit-fils de Rollon, Richard *le Vieux*, était encore au temps de Wace l'objet de récits populaires qui justifiaient son surnom de Richard « sans peur »; il a même existé sous ce titre un roman de chevalerie qui semblerait contredire ma thèse; mais c'est une très pauvre production du XIV° siècle, en quatrains monorimes, dont le fond est pris à Wace, et qui a plus tard été continué par le récit d'aventures sans intérêt et de pure invention (2). Robert « le Magnifique », fils de Richard III, est devenu le héros d'anecdotes dont plusieurs, surtout parmi celles qui se rapportent à

(1) Steenstrup, *L'établissement des Normands*, Bulletin de la Société des Antiquaires de Normandie, t. X, p. 384-385.

(2) Voy. Le Roux de Lincy, *Nouvelle Bibliothèque bleue* (Paris, 1842), et cf. Naetebus, *Die nicht-lyrischen Strophenformen des Altfranzösischen* (Leipzig, 1891), p. 90.

son pèlerinage en Orient, lui étaient à l'origine étrangères, et que Wace raconte avec d'autant plus de complaisance qu'il en tenait quelques-unes de son grand-père, chambellan du duc (1). Quant à Robert « le Diable », qu'on a voulu identifier avec lui, c'est un héros légendaire qui n'a jamais eu d'existence historique, et dont on n'a fait que fort tard le fils d'un prétendu Aubert, duc de Normandie au temps du roi.... Pépin (2). Plus populaire encore que Robert « le Magnifique » fut Robert *Courte-Heuse*, ce fils aîné de Guillaume, si dissemblable de son père, que ses deux frères réussirent successivement à exclure du trône d'Angleterre, et qui fut simplement duc de Normandie jusqu'au jour où, pris à Tinchebrai, Henri l'envoya languir et mourir dans la longue captivité de Cardiff. Sa prodigalité et ses mœurs plus que faciles attiraient autour de lui les jongleurs, en même temps que sa vaillance et la générosité de son cœur lui gagnaient les chevaliers et le peuple. Ses exploits à la Croisade furent certainement le sujet de chansons contemporaines, et on raconta en Normandie que, s'il n'avait pas été roi de Jérusalem au lieu de Godefroi, c'est qu'il avait refusé la

(1) Voy. *Romania,* t. IX, p. 526.

(2) Sur la légende rattachée au nom de Robert *le Diable,* voy. le beau travail de M. Karl Breul dans son introduction à l'édition du poème anglais *Sir Gowther* (Oppeln, 1886). Cf. *Romania,* t. XV, p. 160, et t. XXIV, p. 461.

couronne qu'on lui avait offerte comme au plus
digne (1). Mais, au temps de Robert, l'ère de
l'épopée était close, et les récits ou les chants qui
le célébraient ne devinrent pas des chansons de
geste. Elle était close depuis plus d'un siècle, et
c'est ce qui explique qu'aucune de ces merveilleuses
épopées que les Normands accomplissaient alors
avec l'épée et la lance, ni la prise de la Pouille et de
la Sicile, ni l'audacieux défi jeté par Robert Guiscard
à l'empire de Constantinople, ni la conquête de
l'Angleterre, ni la Croisade, n'ont fourni à notre
trésor épique de véritables chansons de geste.
Peut-être les Normands, s'ils avaient été francisés
deux siècles plus tôt, auraient pu enrichir ce
trésor; en fait, ils n'y ont apporté aucune contribution.

Ont-ils plus de droit à revendiquer une part dans
l'élaboration française de la « matière de Bretagne », celle à laquelle songeait sans doute prin-
cipalement M. Suchier en disant que la « fée du
romantisme a fait en Normandie sa première appa-
rition » ? La question est complexe et difficile à
résoudre. Elle se lie à celle,—qu'on débat avec passion depuis une quinzaine d'années en France, en
Angleterre et en Allemagne,—de savoir ce qu'il faut
entendre au juste par la « Bretagne » dont venait

_____

(1) Sur cette légende, voy. *Comptes-rendus des séances de
l'Académie des Inscriptions et Belles-Lettres,* 1890, p. 209-212.

cette matière. Est-ce la Bretagne continentale, ou ce qui restait de l'ancienne Bretagne insulaire, le pays de Galles (1)? Il est probable que c'est l'une et l'autre, et que les traditions sur Arthur, ses héros et leurs merveilleuses aventures, sont venues aussi bien des Bretons de France que des Bretons d'Angleterre. Sont-ce les Normands qui leur ont servi d'intermédiaires? Pour les Bretons de France, c'est fort possible, mais ce n'est pas sûr : les provinces situées plus au sud, voisines également de la Bretagne celtique, et avant tout la Bretagne française, ont pu jouer ce rôle aussi bien que la Normandie. A la vérité, nous voyons Wace fort au courant des contes bretons : il leur emprunte, en traduisant le fabuleux ouvrage de Gaufrei de Monmouth, la « Table Ronde », dont celui-ci ne faisait pas mention, et la croyance à l'immortalité et au retour d'Arthur, que Gaufrei s'était borné à indiquer timidement ; il poussa même l'intérêt pour ces récits jusqu'à aller faire dans la forêt de Brocéliande, « dont les Bretons font tant de contes », un pèlerinage poétique, en quête de merveilles qu'il ne rencontra pas ; il en revint désenchanté, et son rationalisme normand lui fit dès lors apprécier sévèrement les fables des Bretons :

(1) Le plus récent travail publié sur cette question, où on trouvera des renvois aux études antérieures, est celui de M. Ferdinand Lot dans la *Romania,* t. XXVIII, p. 1-48.

Merveilles quis, mais nes trovai :
Fols m'en revinc, fols i alai ;
Fols i alai, fols m'en revinc :
Folie quis, por fol me tinc (1).

Mais de çe que les Normands curieux connais-
saient les contes bretons, il ne s'ensuit pas que ce
soient les Normands qui les ont mis en vers français. Les *lais de Bretagne*, morceaux de musique
exécutés par des chanteurs bretons et accompagnés
d'une explication du sujet qui donna lieu plus tard
en français aux petits poèmes narratifs du même
nom, s'étaient de bonne heure répandus en Nor·
mandie : le lai de *Milon* s'y passe en partie ; Marie
de France, dans le lai de *Bisclavret*, remarque que
les Normands l'appellent *Garwulf*, ce qui indique
qu'elle puisait à une source normande, et dans
le lai des *Deux Amants*, elle met en scène une
touchante tradition locale encore conservée à Pitres,
près de Pont-de-l'Arche (2). Mais Marie était
« de France » et non de Normandie, et parmi les
lais qui nous ont été conservés en dehors des
siens, on n'en voit pas dont l'origine normande
puisse être établie. Il est même à noter que Renaud,

(1) *Geste des Normands,* éd. ANDRESEN (voy. ci-dessous, p. 27,
n.), t. II, p. 284.

(2) Voyez sur le lai des *Deux Amants,* ainsi que sur les autres
lais de Marie, les remarques de R. KOEHLER en tête de l'édition
de M. WARNKE, *Die Lais der Marie de France,* Halle, 1885 (*Bibliotheca normannica,* III).

l'auteur du lai consacré à la bizarre et tragique histoire d'Ignaure, invoque, pour justifier le titre de « lai du Prisonnier » qu'il donne à son poème, les Bretons, les Français et les Poitevins, mais ne parle pas des Normands (1). Parmi les trente ou quarante romans « bretons » en vers qui sont arrivés jusqu'à nous, il n'en est pas un, — sauf peut-être le *Tristan* de Béroul (2), — qui puisse avoir une origine normande, et il en est de même des romans en prose venus plus tard. Ce serait toutefois s'aventurer trop que de nier toute part prise par les Normands à la diffusion de cette source jaillie si près d'eux et qui devait verser sur le monde un tel rajeunissement de poésie. Il est établi aujourd'hui que les plus anciens romans arthuriens que nous ayons, ceux de Chrétien de Troies, bien loin d'être les premiers de leur espèce, succèdent à une série à peu près séculaire de contes bretons mis en français, et on peut attribuer aux Normands, dans cette activité que nous connaissons seulement par quelques traces fugitives, une part aussi grande qu'aux Angevins, aux Manceaux ou même aux Bretons francisés. Mais, en fait, aucun

(1) Bartsch et Horning, *La langue et la littérature française depuis le IX⁰ siècle jusqu'au XIV⁰ siècle* (Paris, Maisonneuve, 1887), col. 558.

(2) Telle est du moins l'opinion de M. Ernest Muret, auquel nous devrons prochainement une édition critique de ce poème : voy. *Romania,* t. XXVII, p. 613.

indice positif ne nous l'apprend, et il n'y a pas de
raison de croire que cette part ait été considérable.
L'esprit normand a pu un moment, comme Wace,
prêter l'oreille aux contes prestigieux venus de
Bretagne ; mais il n'a pas tardé à s'apercevoir que
tout cela n'était que « folie », et ayant découvert
que la vertu merveilleuse de la fontaine de Brocéliande était une pure fable, il a laissé d'autres s'y
abreuver et s'y enivrer.

Ce que je viens de dire de l'absence de romans
bretons dans la littérature normande ne serait plus
vrai s'il s'agissait de la littérature anglo-normande.
Les vainqueurs de l'Angleterre, de même qu'ils se
sont faits les propagateurs de plus d'une tradition
saxonne, ont été, je l'ai dit, les interprètes em-
pressés des traditions celtiques de l'île, et ont certainement contribué à les transmettre aux Français. Il serait sans doute possible de trouver les
raisons de cette attitude différente, mais ce serait
long, et je m'interdis dans cet exposé, qui menace
déjà d'être terriblement étendu, tout ce qui appartient à la littérature de l'Angleterre francisée.

J'ai encore, — et vraiment j'en ai honte, et il
faut pour continuer à saccager, comme je le fais,
le jardin poétique que des amis zélés se sont plu
à enrichir pour vous, que je compte de votre part
sur un amour bien profond et bien désintéréssé de
la vérité, — j'ai encore à dire un mot de ce qu'on
appelle les « romans d'aventures », c'est-à-dire ces

récits qui, comme les romans bretons, nous présentent à la fois des aventures de guerre et d'amour, le portrait idéal de quelques chevaliers et dames, et le tableau de la société chevaleresque. C'est ce genre, semble-t-il, que la fée « Romantik » aurait dû faire éclore avec le plus d'abondance sur la terre qu'elle avait bénie. Eh bien ! de la trentaine de romans de ce genre dont j'ai connaissance, il n'en est qu'un que l'on puisse attribuer à un Normand, c'est l'*Athis et Porphirias* (1) d'Alexandre de Bernai, et encore l'auteur, comme l'indique le surnom qu'il se donne lui-même, « Alexandre de Paris », avait-il quitté son pays natal et s'était-il mis à l'école des poètes de France (2).

(1) Sur *Athis et Porphirias,* voy. E. LANGLOIS, *Notices des manuscrits français et provençaux de Rome* (Paris, 1889). p. 217, et *Romania,* t. XII, p. 634.

(2) Si on remarque que Lisieux, dans le roman de *l'Escoufle* (voy. la note suivante), est appelé *Lisuïs,* on peut croire qu'il faut lire ainsi le surnom de Roger de *Lisaïs* cité par un poète du commencement du XIII⁰ siècle comme auteur d'un roman sur *Isaire et Tentaïs,* qui paraît avoir été célèbre, mais qui nous est absolument inconnu (voy. *Erec,* éd. FOERSTER, p. XIII); mais la base de cette conjecture est, on le voit, très fragile. En tout cas, ce roman serait le seul. Quant au roman de *l'Escoufle* (publié par H. MICHELANT et M. Paul MEYER, pour la *Société des anciens textes français,* Paris, Didot, 1894), si le héros en est, par un caprice de l'auteur, fils d'un seigneur de Montivilliers, le poète y montre une ignorance des choses de la Normandie qui ne permet guère de croire qu'il appartînt à cette province; les traits linguistiques qu'a relevés le savant éditeur l'assignent en effet à la Picardie.

Et la poésie lyrique, direz-vous, cette expression si particulière de l'esprit chevaleresque et courtois du moyen âge? n'est-ce pas là que se sera naturellement épanouie l'âme du peuple auquel on doit la formation même de cet esprit? Hélas! là aussi nous trouvons, quand nous traçons la carte dé notre vieille littérature, un blanc à la place de la Normandie. Le bon abbé de La Rue, qui annexait bravement à sa chère patrie jusqu'à des poètes dont le nom criait l'origine étrangère, n'a pas inscrit moins de quinze poètes lyriques dans sa liste des « trouvères » normands. Sans parler de ceux qui ne nous intéressent pas ici, parce qu'ils sont postérieurs à l'époque où j'arrête mon examen, je dirai que de tous ces noms un seul est à retenir, Roger d'Andeli, auquel les manuscrits attribuent deux chansons jetées dans le moule habituel des lamentations amoureuses de nos vieux lyriques. Si ce Roger est bien le chevalier normand qui servit sous Richard *Cœur de Lion* et Jean *sans Terre*, il forme une exception unique dans l'histoire littéraire de sa province (1). Malgré la présence de troubadours illustres attirés à la cour d'Aliénor de Poitiers, la poésie importée du Midi, qui devait trouver des foyers nouveaux en Picardie et en Champagne, ne s'implanta pas sur votre sol. Même

(1) *Chansons de Roger d'Andeli*, publiées par A. Héron. Rouen, 1883 (*Société rouennaise des Bibliophiles*).

établis en Angleterre, les Normands ont montré peu de goût pour la poésie lyrique « courtoise » ; on n'en connaît presque pas de spécimens anglo-normands, et les copies mêmes de chansons courtoises sont extrêmement rares en Angleterre : c'est évidemment un genre qui ne convenait pas à leur génie (1).

C'est qu'en effet l'esprit normand n'a rien de langoureux, pas plus qu'il n'a rien de chimérique, rien même de mystique ou de romanesque. Ce qui le caractérise avant tout, c'est l'ordre, la clarté, la raison aiguisée d'esprit, avec un certain réalisme et positivisme ; c'est un génie oratoire beaucoup plus que poétique, car quand il a excellé dans la grande poésie, c'est surtout en en faisant de l'éloquence. Aux temps anciens déjà se marquent les traits distinctifs de ce génie ; et comme en somme, au jugement de tous les étrangers, les traits qui le caractérisent sont aussi ceux qui, plus ou moins accentués suivant les régions, marquent le génie français dans son ensemble, on peut dire que l'ancienne littérature normande a préludé à la littérature française dans ce qui lui est le plus essentiel. Toute cette poésie romantique à laquelle les Normands, suivant moi, sont restés presque étrangers a disparu à mesure que la conscience nationale

(1) Sur le genre de chansons vraiment cultivé en Normandie, voy. plus loin, p. 39.

s'est dégagée plus nettement; ce qui a persisté,
ce qui a fait le fond de notre littérature, c'est précisément ce qui était en germe, en tendance, déjà
même réalisé en partie dans la littérature qui s'est
formée chez vous avant même que vous fussiez
devenus véritablement Français. Voilà ce que je
voudrais faire ressortir dans la brève esquisse que
je vais vous soumettre, et qui formera, je l'espère,
une compensation à la première partie, trop pu-
rement négative, de cette étude.

La race normande repose sur la fusion intime
de l'élément scandinave et de l'élément roman,
lui-même bien composite. On peut croire que dès
avant l'établissement des Danois les habitants de
la Neustrie avaient développé plus fortement que
ceux d'autres régions les caractères qui les dis-
tinguèrent plus tard, l'esprit positif et clair, le sens
pratique, l'amour de l'ordre et de la règle. Les
conquérants du Nord, en se mêlant à eux, en
adoptant, comme ils le firent avec une grande
rapidité, leur religion, leur langue, leurs institutions et leurs mœurs, ne changèrent pas ces caractères essentiels; mais ils y ajoutèrent ce qui leur
était propre, la hardiesse, l'esprit d'entreprise, le
besoin d'expansion qui se traduisit dans les faits
par ces conquêtes extraordinaires où revit la hasar-
deuse audace des Vikings, dans les idées par une
curiosité ouverte de toutes parts; à l'amour de la

règle et de l'ordre, qui répondait à leur forte conception du droit, ils joignirent le sentiment d'indépendance personnelle qui leur était inné.

Je suis obligé de renoncer à vous tracer ici un tableau de ce que fut la Normandie féodale, et même d'omettre tout ce qui s'y est fait, dans la première période de son histoire, pour les arts, dont vous avez ici les plus splendides monuments, pour les sciences, dont la première était alors la théologie, pour les lettres latines. Je dois me borner à ce qui touche la littérature en langue vulgaire. Elle se présente à peu près exclusivement, dans les premiers temps, sous la forme versifiée, mais c'est la prose qui, dans d'autres conditions, aurait été sa forme naturelle, car elle est essentiellement une littérature d'instruction à l'usage des laïques. C'est là ce qui en fait le trait dominant, et ce trait caractérise le public pour lequel elle était faite autant au moins que les auteurs qui travaillaient pour lui. En ce temps où les livres, copiés à peu d'exemplaires, n'ont qu'une publicité restreinte, les écrivains ne peuvent vivre que des libéralités des riches; aussi le genre auquel ils s'adonnent est-il l'indice des goûts et des tendances de la classe la plus élevée de la nation. Or de très bonne heure, en Normandie, les seigneurs et même les dames ont voulu s'instruire, et, ne sachant pas le latin, ont prié des clercs, qu'ils récompensaient richement, de mettre en français des ouvrages qui

leur fissent connaître la science ou l'histoire telles
qu'on les comprenait alors. Il ne faut pas s'étonner
si leur curiosité s'est portée d'ordinaire sur des
ouvrages que nous jugeons aujourd'hui dignes de
peu de confiance, comme le *Lapidaire* de Mar-
bode (1) et le *Bestiaire* mis en vers français par
Philippe de Thaon (2) et plus tard par Gervaise (3)
et Guillaume le Clerc (4) : les plus savants alors ne
discernaient pas nettement ces fables de la science
sérieuse, et les Normands étaient attirés vers ces
traités bizarres par l'utilité pratique qu'ils leur
attribuaient ou par la moralité qui y était jointe.
Il en fut de même pour l'histoire : ce qu'ils se
firent traduire, outre les chroniques de leur duché,
ce furent le faux Turpin (5) et l'*Histoire des rois*

(1) Voy. *Les Lapidaires français du moyen âge*, publiés par
L. Pannier, Paris, 1882 (*Bibliothèque de l'École pratique des
hautes études*). La plus ancienne traduction en vers du *Lapidaire* est du commencement du XIIe siècle; elle a été faite ou
dans la Normandie, ou dans le Maine.

(2) Le *Bestiaire* de Philippe de Thaon, dont on ne possède
malheureusement pas encore une édition critique (il a été imprimé par Th. Wright en 1840), a été écrit en Angleterre, mais
de si bonne heure (1125) qu'on peut encore le regarder comme
normand. Il en est de même du *Comput* du même auteur, composé en 1119 (éd. Mall, Strasbourg, 1873).

(3) Imprimé par M. P. Meyer, *Romania*, t. I, p. 420-443.

(4) Reinsch, *Das Thierbuch des Guillaume le Clerc*, Tü-
bingen, 1890.

(5) Voy. mon édition d'Ambroise (ci-dessous, p. 28, n. 2).
Table des noms, au mot *Guarin Fiz Gerout*. Il est vrai que ce

de Bretagne de Gaufrei de Monmouth (1). Ils croyaient trouver dans ces romans grâce à l'audace avec laquelle leurs auteurs les présentaient comme des documents d'une incontestable authenticité, une information historique très supérieure à celle que les chansons de geste donnaient au vulgaire, et ils goûtaient ainsi sans scrupule les récits fabuleux qui en composaient le tissu. Si les poètes normands ont pris quelque part à la production épique du moyen âge, c'est dans la partie de cette production qui repose sur des textes latins et reproduit des légendes d'origine antique (2) ou chrétienne : c'est ainsi qu'Alexandre de Bernai, dont j'ai déjà cité un roman d'aventure fondé sur des traditions gréco-orientales, renouvela et amplifia le poème de Lambert le Tort sur le roi macédonien dont il portait le nom (3), et qu'un Normand inconnu paraît avoir composé une chanson de geste d'après ce qu'on appelle la *Vindicta Salvatoris*, l'histoire fabuleuse de la prise de Jérusalem par Titus et de

Guarin et son clerc Guillaume de Briane sont plutôt des Anglo-Normands.

(1) Voyez plus loin ce qui est dit de Wace.

(2) Le roman d'*Eneas*, d'après son éditeur, M, Salverda de Grave (Halle, 1891, t. IV de la *Bibliotheca normannica*), appartient sans doute plutôt à l'Ile-de-France (voy. *Romania*, t. XXI, p. 283).

(3) Voy. P. Meyer, *Alexandre le Grand dans la littérature française du moyen âge*, Paris, 1886, t. II, p. 227.

l'extermination des juifs (1). Plus véritablement historique est la traduction en laisses monorimes du livre de Baudri de Bourgueil sur la première Croisade (2) ; ici nous entrons véritablement dans l'histoire, qui devait fournir aux poètes normands du XIIe siècle la matière de leurs œuvres les plus dignes d'attirer l'attention de la postérité.

Celui dont cette postérité a jusqu'ici le mieux retenu le nom (3) est maitre Wace, né à Jersey vers 1100, longtemps « clerc lisant » à Caen, et enfin chanoine de Bayeux (4). J'aimerais, si j'en avais le temps, à retracer devant vous cette curieuse et attachante figure, qui nous présente pour la première fois le vrai type de l'écrivain de profession. Wace vivait de sa plume, et aussi de celle de ses copistes ; car il faisait, quand il avait assez d'argent pour cela, exécuter de ses œuvres des exemplaires qu'il tâchait de vendre un bon prix.

(1) Sur la probabilité d'une origine normande pour ce poème, voy. mon édition de l'*Évangile de Nicodème* (ci-dessous, p. 33, n. 1), p. xxiv.

(2) Voy. ma *Littérature française au moyen âge* (2e éd., Paris. Hachette, 1890), § 86.

(3) Mais elle a bien de la peine à le lui donner correctement. On n'arrive pas à débarrasser Wace du prétendu prénom de *Robert*, dont on l'a affublé par une absurde méprise sur le sens d'un de ses vers. *Wace* est ce que nous appelons aujourd'hui un prénom, et notre auteur n'a jamais pris de « surnom ».

(4) Sur la vie et les ouvrages de Wace, voy. *Romania*, t. IX, p. 592-614.

Mais il les composait d'abord sur commande, et le premier patron était naturellement celui qui payait le mieux. Il a ainsi écrit pour Robert, fils de Tiout, « qui aimait beaucoup saint Nicolas », une vie de ce saint, et sans doute pour d'autres, bien que nos manuscrits omettent leurs noms, des vies de saint Georges et de sainte Marguerite, et ses poèmes sur la Conception et sur la mort de Notre Dame. Mais c'est pour de plus hauts patrons qu'il composa ses deux grandes œuvres historiques, la *Geste des Bretons*, dédiée en 1155 à la reine Aliénor, et la *Geste des Normands*, commencée en 1160 sur l'ordre d'Henri Ier, interrompue, après un travail de quinze ans, quand le vieux poète apprit que le roi avait confié la même tâche (de mettre en vers français l'histoire des ducs de Normandie) à un rival plus jeune et plus en faveur, le Tourangeau Benoit de Sainte-More. Cette interruption est très regrettable, car l'œuvre de Wace serait devenue infiniment précieuse quand il serait arrivé aux événements dont il pouvait avoir une connaissance personnelle. Telle qu'elle est, s'arrêtant à la bataille de Tinchebrai, elle forme encore un monument des plus intéressants, non seulement pour le philologue, mais pour l'historien, car Wace fait à ses sources latines des additions, souvent fort curieuses, qu'il puise dans la tradition orale. Puis il a en lui-même, ce brave clerc de Caen, cet ancêtre de nos hommes de lettres, qui nous assure

si ingénuement qu'il « prend » volontiers, et que
tout travail lui est doux quand il croit y « guaai-
gnier », quelque chose de vraiment sympathique.
Par son amour sincère de la vérité (lui demander
de la critique serait peu raisonnable), par la jus-
tesse habituelle de son jugement, par son style
sobre, net, sans grand éclat, mais toujours assez
vif et souvent animé d'une ironie presque épigram-
matique, il nous représente bien l'esprit normand
d'autrefois dans sa teneur moyenne, et il mérite
d'être de la part des Normands l'objet d'études
attentives. Il est malheureux que la seule édition
critique et commentée de la *Geste des Normands*
ait été donnée en Allemagne (1); très digne
d'éloges, elle n'est pas tellement définitive qu'elle
interdise d'en entreprendre une autre, et je voudrais bien la voir se préparer au sein de l'univer-
sité de Caen, ainsi qu'une nouvelle édition de la
Geste des Bretons, précieuse à d'autres points de
vue, et qui a une grande importance pour l'histoire
littéraire du moyen âge, car les auteurs les plus
célèbres, comme Chrétien de Troies et Marie de

(1) *Maistre Wace's Roman de Rou et des ducs de Normandie,
nach den Handschriften von Neuem herausgegeben von* D' Hugo
ANDRESEN. 2 voll., Heilbronn, 1877 et 1879. Il faut joindre à
cette édition, outre les comptes-rendus dont elle a été l'objet,
les recherches publiées depuis par M. ANDRESEN sur les sources
de la *Chronique* de Benoit de Sainte-More comparées à celles
de Wace (*Romanische Forschungen*, t. II, p. 477-538).

France, y ont puisé certains traits de leurs récits (1).

C'est une histoire à laquelle il avait assisté que nous raconte, une vingtaine d'années après Wace, l'honnête Ambroise, originaire d'Évreux ou des environs, qui accompagnait Richard *Cœur de Lion* en Terre Sainte et nous a laissé, en près de 11,000 vers, le fidèle récit de ce qu'il avait vu. Son *Estoire de la guerre sainte* a été découverte et publiée récemment (2) ; mais le fond en était connu par l'exacte traduction qu'en fit, au moment même où elle parut, un chanoine anglais, Richard de la Sainte-Trinité de Londres. Nous avons maintenant le texte original de ce précieux document, qui nous fait aimer la candeur et la sincérité du narrateur. C'était un homme de peu, sans doute un jongleur, qui ne paraît pas avoir combattu lui-même, mais qui avait pris sa part des souffrances, des fatigues, des grandes espérances et finalement des amères déceptions des croisés. Rien ne nous fait mieux que son poème comprendre l'état d'âme

(1) Voy. sur ce point *Romania*, t. XXVII, p. 47, note.

(2) *L'Estoire de la guerre sainte*, histoire en vers de la troisième Croisade (1190-1192), par Ambroise, publiée et traduite d'après le manuscrit unique du Vatican, et accompagnée d'une introduction, d'un glossaire et d'une table des noms propres, par Gaston Paris. Paris, Imprimerie Nationale [Librairie E. Leroux], 1897, in-4° (collection des *Documents inédits sur l'histoire de France*, publiés par les soins du Ministre de l'Instruction publique).

de ces pauvres pèlerins. remplis d'enthousiasme et
de foi, étrangers aux calculs et aux intrigues que
les grands de la terre introduisaient dans ces
pieuses expéditions, n'ayant qu'un rêve et qu'un
but : délivrer Jérusalem des mains des infidèles,
attendant sans cesse le miracle que Dieu leur
devait, ne pouvant croire à l'échec final. et ren-
trant chez eux avec la satisfaction d'avoir au moins
adoré ce sépulcre qu'ils n'avaient pu conquérir.

J'aurais bien d'autres poèmes historiques à mentionner si je voulais embrasser dans mon étude la
littérature anglo-normande, que j'en exclus à des-
sein, mais qui est en somme une dépendance de
la littérature normande. J'omets aussi la belle
histoire en vers de Guillaume le Maréchal, parce
que l'auteur auquel on la doit écrivait après l'annexion et n'était peut-être pas absolument normand (1). Mais je citerai les commencements d'une
historiographie en prose qui se montrent dans les
plus anciennes chroniques normandes : ces chroniques appellent encore une étude critique qui
devrait tenter les savants normands ; il n'est pas
téméraire de penser que les premières rédactions,
tirées en partie de Wace et en partie originales,
remontent à l'époque qui nous occupe. On y goûte

(1) *L'histoire de Guillaume le Maréchal,* comte de Striguil et
de Pembroke, régent d'Angleterre de 1216 à 1219, poème français, publié pour la Société de l'Histoire de France par Paul
MEYER. T. I, 1891 ; t. II, 1894, in-8° (le t. III n'a pas encore paru)

une prose un peu sèche, mais claire et souvent animée, qui nous donne un bon spécimen de la langue parlée en Normandie à la fin du XIIᵉ ou au commencement du XIIIᵉ siècle.

Un genre particulier d'histoire qui fut aussi cultivé en langue vulgaire dans votre province est l'histoire ecclésiastique, et nous reconnaissons encore là le goût des Normands pour l'instruction. Rappelons le poème de Guillaume de Saint-Pair sur l'abbaye du Mont-Saint-Michel, qui n'a d'intéressant que sa forme et quelques naïves remarques de l'auteur (1), et celui d'un inconnu sur l'abbaye de Fécamp ; ce dernier, encore inédit (2), a le mérite de nous conserver un original latin perdu, et certainement il nous le remplacera presque lorsqu'il sera publié, car, comme l'a fort bien dit

(1) *Der Roman du Mont-Saint-Michel, von Guillaume de Saint-Paier, Wiedergabe der beiden Handschriften des Brittischen Museums, von* Dʳ Paul Redlich. Strasbourg, 1894, in-8ᵒ (nᵒ xcii des *Ausgaben und Abhandlungen aus dem Gebiete der romanischen Philologie herausgegeben von* E. Stengel). Cette publication méritoire n'est que la reproduction diplomatique des deux manuscrits qui nous ont conservé le poème de Guillaume de Saint-Pair. Il reste à en faire une véritable édition.— Voyez d'ailleurs sur ce poème la notice de M. de Beaurepaire jointe à l'édition (d'après un seul ms.) de Francisque Michel (et dans le t. XIV des *Mém. de la Soc. des Antiquaires de Normandie*).

(2) Voy. sur ce poème, dont M. Paul Meyer a promis de nous donner une édition, le *Bulletin de la Soc. des anc. textes français*, t. IV, p. 46-49.

M. A. Héron, les auteurs normands « qui ont
écrit des chroniques en vers se sont piqués d'exac-
titude; le plus souvent, ils reproduisent avec fidélité des chroniques latines, et leurs œuvres ont
droit d'être tenues en sérieuse estime par ceux
qui s'occupent de ces époques pour lesquelles les
documents sont trop rares » (1). Là encore nous
retrouvons les qualités que nous avons déjà recon-
nues, le sérieux, l'amour de l'instruction et de la
vérité.

Un autre trait du caractère normand d'alors qui
se reflète dans la littérature est la dévotion, non
pas une dévotion exaltée et mystique, mais une
dévotion profonde, sincère et riche en œuvres.
C'est à elle qu'on doit la fondation de ces belles
abbayes qui devenaient des foyers d'instruction et
de discipline, et d'où sortirent les réformateurs de
l'Église anglaise; c'est à elle qu'on doit l'érection
de ces admirables églises romanes qui peuplent la
Normandie. C'est elle aussi qui a inspiré plusieurs
des œuvres poétiques de la vieille Normandie indé-
pendante, et au premier rang la *Vie de saint Alexis*,
cet admirable petit poème qui remonte sans doute
à la première moitié du XIe siècle, et qui suffirait
à la gloire poétique de la Normandie médiévale. On
l'a comparé à bon droit à une de ces églises dont
je parlais : il en a la simplicité, la grandeur, la

(1) A. Héron, *Trouvères normands* (Rouen, 1885, in-8º), p. 23.

grâce austère, avec un mélange d'exquise et profonde sensibilité qui n'apparait pas souvent dans les œuvres du même pays et du même temps, et qui touche d'autant plus qu'elle est plus discrètement exprimée (1). L'auteur présumé de cette « amiable chançon », le chanoine de Rouen Tibaud de Vernon, avait, d'après un contemporain, composé en l'honneur de divers saints, et nctamment de saint Wandrille, des *urbanas cantilcnas* qui l'avaient rendu célèbre, et qui malheureusement ne sont pas arrivées jusqu'à nous. D'autres pieux récits en vers attestent le goût des Normands pour ces histoires édifiantes : j'ai déjà cité ceux de Wace ; plus d'une, certainement, parmi les vies anonymes des saints, appartient à votre province. Il en est une qui mérite à peine ce nom, car c'est une légende sans fondement historique. rappelant les contes antiques sur les mystères et les fatalités de la destinée humaine, qui a fourni à un anonyme de la première moitié du XII° siècle le sujet de la *Vie de saint Grégoire*, l'une des œuvres les plus attachantes, dans sa forme sobrement élégante, que nous ait laissées le moyen âge : la langue et le style permettent de l'attribuer avec vraisemblance, sinon avec certitude, à la Normandie (2). On peut

<hr>

(1) Sur les éditions de ce poème et les travaux dont il a été l'objet, voy. la note bibliographique au § 147 de ma *Littérature française au moyen âge.*

(2) Je compte donner prochainement, d'après les six manus-

encore mentionner ici le poème où maître André
de Coutances a traduit, avec plus de liberté qu'on
n'en prenait d'ordinaire, pour plaire à la dame de
Tribehou (non loin de Saint-Lô), le célèbre *Évangile de Nicodème*, bien qu'il soit sans doute un peu
postérieur à notre époque, parce que l'auteur,
comme nous le verrons, n'était plus jeune quand
il l'écrivit, et s'était montré, dans une œuvre antérieure, un Normand de la vieille roche dans toute
la force du terme (1).

A cheval, comme André, sur les deux périodes
est maître Guillaume le Clerc, connu par ses poèmes
édifiants, l'adaptation du livre de Tobie, la vie de
sainte Madeleine, le *Besant de Dieu*, développement
d'une parabole évangélique où on remarque contre
les fauteurs de la croisade albigeoise une élo-
quente invective qui fait le plus grand honneur au
courage et à la largeur d'esprit de l'auteur et de
ses compatriotes (2) ; peut-être faut-il aussi lui

crits connus, une édition de ce poème ; l'édition de Luzarche
(Tours, 1857) est insuffisante et d'ailleurs à peu près introuvable.
Ce qui rend plus difficile ici que pour d'autres œuvres la solu-
tion de la question de provenance, c'est que le poème existe en
deux rédactions, assez distinctes avec des parties identiques, et
dont le rapport exact n'a pas encore été déterminé.

(1) *Trois versions rimées de l'évangile de Nicodème,* . . . . . .
publiées par Gaston Paris et Alphonse Bos. Paris, Didot, 1885
(publication de la *Société des anc. textes français*).

(2) Voy. sur Guillaume le Clerc ma *Littérature française au
moyen âge*, et les notes des divers paragraphes où il est men-
tionné.

attribuer le *Roman des romans*, poème remarquable en quatrains d'alexandrins monorimes, qui prétendait, comme son titre l'indique, valoir mieux, à cause de son contenu salutaire à l'âme, que tous les ouvrages en langue vulgaire (1).

L'enseignement de la morale chrétienne prenait parfois la forme de véritables sermons en vers. Nous possédons de ce genre un spécimen fort ancien et que tout permet de croire composé en Normandie : c'est celui par lequel M. Suchier a inauguré sa *Bibliotheca normannica* (2). Plus remarquable et plus poétique est le beau dialogue, tout imprégné des sombres doctrines sur les périls de ce monde et les terreurs de l'autre, où une âme revient auprès du corps qu'elle a récemment quitté et lui reproche de l'avoir entraînée à sa perte, tandis qu'à son tour il l'accuse de sa ruine : un démon met fin au tragique colloque en entraînant la pauvre âme en enfer. On a pensé que ce poème, en vers de six syllabes comme le *Sermon en vers*, avait été écrit en Angleterre, parce qu'il aurait un modèle anglo-saxon ; mais le fait est loin d'être assuré, et la langue ne présente aucun caractère anglo-normand : à vrai dire, elle ne présente même pas de caractères nettement normands, et elle permettrait d'attribuer le poème à la France

(1) *Littér. française au moyen âge*, § 153.
(2) Voy. ci-dessus, p. 6, n. 1.

propre. Ne le disputons pas à la Normandie,
à laquelle nous conduisent quelques indices, et
dans la littérature de laquelle il fera très bonne
figure (1). Récité dans les églises devant les fidèles
assemblés, il devait produire sur les âmes un effet
saisissant.

C'est là de la morale à l'usage des laïques. Ils
voulaient aussi apprendre la théologie, et Guilebert
de Cambres, près Rouen, traduisait pour eux l'*Elu-
cidarius* d'Honoire d'Autun, sorte de manuel des
préceptes essentiels de la doctrine chrétienne (2).
Le besoin d'instruction se manifeste sous une autre
forme dans l'œuvre du bon moine Nicole, qui traduisit au XIIᵉ siècle, — et en vers, tant cette forme
semblait alors la seule admissible, — la Règle de
saint Benoit à l'usage des religieuses de son
ordre (3) ; elles se plaignaient de ne pas comprendre, quand on en donnait lecture, la règle à
laquelle elles étaient assujetties ; elles aussi, elles
voulaient s'éclairer : n'est-ce pas en Normandie

(1) On trouvera toute la bibliographie du *Débat du corps et
de l'âme*, ainsi que de savantes recherches sur son origine,
dans une étude fort intéressante de M. Th. Batiouchkof (*Romania*, t. XX, p. 1-55 et 513-578).

(2) *Littér. française au moyen âge*, § 152.

(3) *La Règle de saint Benoit traduite en vers français par
Nicole*, publiée par A. Héron. Rouen, 1895, in-8° (extrait des
Mélanges de la Société d'histoire de Normandie). Voy. *Romania*,
t. XXV, p. 321-326.

3

qu'a été écrit le traité qui a pour titre : *Fides quærens intellectum* (1) ?

Au même ordre d'idées se rattachent des œuvres qui appartiennent à peine à la littérature proprement dite, mais qui doivent être mentionnées parce qu'elles font grand honneur à l'activité intellectuelle et religieuse des Normands, je veux dire les traductions littérales des deux versions latines des Psaumes. Le meilleur manuscrit, infiniment précieux, de la plus ancienne provient de l'abbaye de Montebourg ; le travail qui a servi de base à toutes paraît avoir été exécuté à Canterbury tout au commencement du XIIe siècle, à une époque où l'anglo normand ne se distinguait pas encore du normand (2). C'est en Normandie même que doit avoir été composée la traduction des quatre livres des *Rois*, œuvre d'une haute valeur, faite avec une singulière intelligence et une liberté qui n'exclut pas la fidélité, et qui nous offre un excellent spécimen de notre langue à l'une de ses meilleures époques (3).

(1) Saint Anselme le composa quand il était prieur du Bec, vers 1070.

(2) Sur les *Psautiers* normands et anglo-normands, voyez le beau livre de M. S. BERGER : *La Bible française au moyen âge* (Paris, Imp. Nat., 1884, in-8°), et les observations de M. Paul MEYER dans la *Romania*, t. XVII, p. 121-124.

(3) Ce texte, publié par LE ROUX DE LINCY en 1841, appelle une nouvelle édition, surtout depuis qu'on en a signalé d'autres

Le théâtre religieux du moyen âge est né, sous
une forme liturgique et latine, dans les églises de
Gaule, et l'église de Rouen est une de celles qui
nous en offrent les plus anciens échantillons (1).
Il est probable que de très bonne heure le goût de
ces pieux spectacles était très répandu en Normandie : dans les premières années du XII° siècle
nous voyons de jeunes moines jouer à Dunstaple,
en Angleterre, un « jeu » de sainte Catherine, à
laquelle, comme à saint Nicolas, autre patron de
la jeunesse, des représentations de ce genre étaient
plus spécialement consacrées (2), et cet usage avait
certainement été importé de Normandie (3). On peut
même conjecturer avec une grande vraisemblance
que, dès l'époque qui nous occupe, la Normandie
produisait des drames religieux en langue vulgaire :
le beau mystère d'*Adam*, composé en Angleterre

manuscrits que celui qui était seul connu (voy. *Romania*,
t. XVII, p. 124-129) Cette constatation a rendu très probable
l'origine normande, et non anglo-normande, du texte.

(1) Voy. A. Gasté, *Les drames liturgiques de la cathédrale
de Rouen*, Évreux, 1893 (extrait de la *Revue catholique de Normandie*).

(2) M. Petit de Julleville a relevé la mention de neuf mystères consacrés à cette sainte (un du quatorzième siècle, sept du
quinzième et un du seizième); il doit y en avoir eu de beaucoup
plus anciens, qui ne nous sont pas parvenus

(3) Geffrei, qui dirigeait ce jeu, était venu en Angleterre de
Normandie ou du Maine (voy. Petit de Julleville, *Les Mystères*, t. II, p. 629).

encore à cette époque, devait avoir dans la mère-
patrie des modèles et des parallèles (1).

J'ai passé en revue, Messieurs, un grand nombre
des productions de la littérature normande à l'époque où votre province n'était rattachée à la France
que par le lien léger d'une allégeance peu observée,
et vous avez été frappé du caractère presque exclusivement sérieux de cette littérature; mais elle en
avait un autre, assurément non moins développé,
et qui ne répondait pas moins au génie de la race,
un caractère plaisant et railleur. Il semble que
les conquérants scandinaves eux-mêmes le possé-
dassent déjà : un des rares mots qu'ils ont fait
passer dans la langue française générale, et que
celle-ci a emprunté aux Normands, trouvant qu'il
exprimait une nuance particulière de la plaisan-
terie, est le verbe *gaber*, avec son substantif *gab*,
acclimatés dès le XI° siècle, comme le montrent les
célèbres « gabs » du *Pèlerinage de Charlemagne* (2).
Si les Normands francisés n'ont pris presque aucune part à la poésie lyrique « courtoise », — la

(1) *Das Adamsspiel, anglonormannisches Gedicht des XII,
Jahrhunderts,* herausgegeben von Karl GRASS. Halle, 1891, in-12
(t. VI de la *Romanische Bibliothek* dirigée par M. W. FOERSTER).

(2) On peut voir sur ces « gabs », à défaut de l'œuvre origi-
nale, mon étude dans la *Romania* (t. IX, p. 1-50), ou le résumé
que j'en ai donné dans une lecture faite à l'Académie des Inscriptions et réimprimée dans mon recueil intitulé : *La Poésie
au moyen âge* (1re série, 4e éd., Paris, Hachette, 1899).

langueur et le mysticisme amoureux n'étant pas leur affaire,—nous savons du moins qu'ils composaient des chansons satiriques et mordantes, et nous avons même un précieux et triste témoignage qui nous montre ce genre chez eux plus anciennement que partout ailleurs. Le chevalier Luc de la Barre, — près de Pont-de-l'Arche, — avait fait contre Henri Ier d'Angleterre des *estrabots*, comme on disait, qui avaient partout excité le rire aux dépens du prince, mais qui coûtèrent cher à l'auteur. Le roi l'ayant pris, en 1124, le condamna, pour se venger de ses satires, à avoir les yeux crevés, supplice que le pauvre poète évita en se brisant la tête contre un mur (1). On peut aussi attribuer aux Normands du vieux temps de gaies chansons à boire, telles que cette amusante parodie de la séquence *Lœtabundus*, où un Anglo-Normand du XIIe siècle a célébré la cervoise (2); il préludait de loin aux admirables *vaudevires* bachiques que M. Gasté a définitivement restitués à leur auteur, l'avocat Jean Le Houx, mais qui avaient certainement été précédés par plus d'un joyeux refrain accompagnant les *beveries* de vin ou de cidre. Il est permis aussi de croire que les Normands du XIIe siècle, comme leurs voisins de France, aimaient ces *caroles*, ces danses en rond que l'on voit encore

(1) Voy. Orderic Vital, l. xii, c. 39.
(2) Voy. *Romania*, t. XXI, p. 260-262.

les jeunes filles, dans plus d'une partie de la province, former, comme leurs aïeules du moyen âge, en s'accompagnant de chansons (1), et que, si la haute société ne pratiqua guère l'art factice de la poésie lyrique courtoise, les amoureux savaient déjà exprimer leurs joies et leurs peines dans des couplets gracieux et simples comme ceux que nous ont laissés leurs descendants du XV* siècle (2).

Si les *estrabots* étaient goûtés en Normandie, les *fableaux* (c'est ainsi qu'il faut dire et non *fabliaux*) ne l'étaient pas moins. On a souvent cité les vers par lesquels sire Jean le Chapelain ouvre son conte du *Sacristain :* « C'est l'usage en Normandie que celui qui reçoit l'hospitalité dise à son hôte un fableau ou une chanson » (3). Malheureusement les poèmes de ce genre ne s'écrivaient guère à l'époque ancienne qui seule nous intéresse en ce moment, et parmi les dix fableaux auxquels M. Bédier assigne une origine normande (4), il n'en est peut-être pas un qui remonte

(1) Sur les *caroles* et leurs continuations modernes, voy. G. Paris, *Les Origines de la poésie lyrique*, Paris, 1893, in-4° (tirage à part du *Journal des Savants*).

(2) Voy. *Chansons du XV* siècle*, publiées par G. Paris, Paris, Didot, 1875 (*Soc. des anc. textes français*). Un grand nombre de ces chansons sont normandes et se retrouvent dans les manuscrits de Caen et de Bayeux publiés par M. Gasté.

(3) *Recueil général et complet des fabliaux.....* par A. de Montaiglon et G. Raynaud, t. VI (Paris, 1890), p. 117.

(4) J. Bédier, *Les Fabliaux* (2ᵉ éd., Paris, Bouillon, 1895, in-8°), p. 43, 440-442.

au XII⁰ siècle; on peut cependant attribuer le conte
où on rapporte l'amusante vengeance qu'à Acre, en
1193, un Normand tira d'un hôte malgracieux à
un compatriote du héros de l'aventure (1). Nous
possédons du moins une œuvre où se montrent à
la fois le goût des Normands pour les contes, leur
amour des réflexions morales et leur aptitude à
la traduction : c'est la version poétique de la *Dis-
ciplina clericalis* de Pierre Alphonse, vrai trésor
de contes, presque tous orientaux, rassemblé en
Espagne par un juif converti; cette mise en vers
très bien tournés, non sans quelques variantes
propres au traducteur, a dû être faite dans la
Normandie occidentale au commencement du XIII⁰
ou même à la fin du XII⁰ siècle (2).

Le *Roman de Renard*, cette épopée comique
qui a tant amusé nos pères, avait de quoi plaire
aux Normands ; aussi ont-ils heureusement, et de
bonne heure, collaboré à cette grande œuvre col-
lective (3). L'une des plus jolies branches (II *a*), où

(1) *Recueil général des fabliaux*, t. III, p. 170-174. Les édi-
teurs, n'ayant pas vu que la scène se passait à Acre, n'ont pas
reconnu dans le roi qui y figure le comte Henri de Champagne,
roi de Jérusalem de 1192 à 1196. M. Bédier (*Les Fabliaux*, p.
41) a mieux discerné de quoi il s'agissait.

(2) Sur les anciennes traductions françaises du livre de Pierre
Alphonse, voy. la note bibliographique au § 73 de la *Littérature
française au moyen âge*.

(3) Je désigne les branches d'après l'édition de M. E. MARTIN,
le Roman de Renart, 3 vol. in-8°, Strasbourg, 1882-1887.

sont fort gaiement racontées les mésaventures de
Renard avec le coq Chanteclair, la mésange et
Tibert le chat, est une œuvre normande, et certainement antérieure à 1200, puisqu'elle est citée
dans un poème écrit en cette année. La douzième,
moins agréable, entachée d'obscurité et de pédan-
tisme, est d'un prêtre du Cotentin, Richard de
Lison, qui l'écrivit à la fin du XII⁰ siècle. Une
troisième (V a) est probablement aussi normande,
puisqu'on y nomme Pont-Audemer. C'était un sujet
sur lequel, au dire de Guillaume le Clerc, les Normands ne se lassaient pas d'entendre « fabler » (1).

J'ai essayé, Messieurs, de faire repasser devant
vous, non pas toute la vie littéraire et poétique de
la Normandie, mais ce que nous pouvons en connaître par les trop rares manuscrits ou témoignages
qui en sont arrivés jusqu'à nous. Elle a dû être
bien plus active que nous ne le savons, et corres-
pondre à l'intensité de la vie que manifestait sous
toutes ses formes la jeune nation fondée par
Rollon. Je dis « nation » et je crois en avoir le
droit. Il s'était formé parmi les habitants de cette
grande province, fondus bien vite en un seul corps
malgré la diversité de leurs origines, un véritable

(1) Sur la date et la patrie de ces branches, voy. G. Paris,
Le Roman de Renard, Paris, Bouillon, 1895, in-4⁰ (extrait du
Journal des Savants).

esprit national. Il fut renforcé et précisé de très
bonne heure par l'opposition aux Français, qui, di-
sait-on non sans raison,—on l'avait vu du temps de
Louis IV, — gardaient au cœur une rancune de la
cession imposée par Rollon et auraient bien voulu
la révoquer. Les Normands du X*, et même encore
du XI* siècle, reconnaissaient bien qu'ils apparte-
naient au royaume de France, mais leur attitude
à l'égard du roi et de ses sujets était plutôt dé-
fiante. En dehors de quelques indices dans les
histoires latines, nous n'avons guère pour une si
haute époque de témoignage exprès de leurs sentiments. En langue vulgaire, naturellement, nous
ne les trouvons exprimés que plus tard, et quand
ils avaient pris un caractère assez différent à la
suite de deux grands événements la conquête de
l'Angleterre et l'avènement des Angevins La conquête de la Grande-Bretagne sépara encore plus
nettement les Normands des Français : le duc de
Normandie, devenu roi d'Angleterre, traita presque
d'égal à égal avec le roi de France, bien qu'il restât
nominativement son vassal, et les seigneurs normands, investis pour la plupart outre-mer de fiefs
bien plus considérables que ceux qu'ils possédaient
sur le continent, firent de l'île conquise leur
seconde et bientôt même leur vraie patrie. Il se
forma un sentiment national nouveau, qui embrassait l'Angleterre et la Normandie, et se déta-
chait de plus en plus de la France. Quand Henri

Plantegenét (1) joignit à la double possession de
ses prédécesseurs son domaine propre, l'Anjou, le
Maine et la Touraine, puis, par son mariage avec
Aliénor, le Poitou et la Guyenne, enfin la Bretagne,
le royaume de France se trouva singulièrement ré-
tréci en face de cette puissance à la fois continentale et insulaire, qui aurait peut-être fini par l'en-
glober sans les dissensions, habilement fomentées
par Louis VII et Philippe II, qui éclatèrent entre
Henri et ses fils. A ce moment de leur histoire,
les Normands, rattachés de cœur à la dynastie
angevine, voyaient dans les Français des ennemis
bien plus que des compatriotes. Ce sont ces sentiments dont nous trouvons l'expression, tantôt
sérieuse, tantôt mordante, chez les poètes normands du temps. J'en veux citer deux curieux
témoignages, qui feront revivre sous vos yeux les
passions éphémères d'une époque depuis longtemps disparue.

Le premier est de Wace. Il se trouve dans cette
partie de la *Geste des Normands* qui en formait
le début, et qui, détachée par hasard de la suite
et conservée seulement dans une copie récente,
n'a pas été jusqu'à ces derniers temps reconnue
pour ce qu'elle est réellement, a été imprimée sous

(1) C'est ainsi qu'il faut dire, et non *Plantagenet*, forme bar-
bare, pour rendre le *Plantagenistam* des chroniques latines.
Il existe encore en Normandie des familles qui portent le nom
de Plantegenêt.

le nom de *Chronique ascendante*, et a même été regardée comme apocryphe par des critiques ingénieux, bien qu'elle porte en tête le nom de son auteur (1). Après avoir écrit en 1160 ce prologue de son poème, Wace y ajouta un assez long morceau en 1174, après le fameux siège de Rouen, entrepris par Louis VII et que Henri II le força à lever. Sous l'impression de ce fait d'armes, voici ce qu'écrit le poète normand :

On ne doit pas cacher les perfidies de la France : toujours les Français ont voulu déshériter les Normands, toujours ils les ont tourmentés et ont essayé de les vaincre. Ne pouvant les surmonter par la force, ils ont tenté d'en venir à bout par des tricheries de tout genre. Ils sont bien dégénérés de ceux dont on a fait jadis les chansons; ils sont faux et perfides, nul ne s'y doit fier. Ils sont tellement convoiteux d'avoir qu'on ne peut les rassasier; ils sont avares de leurs dons et chiches dans leurs repas. Voyez les histoires et les livres : jamais les Français n'ont porté foi aux Normands; ils n'ont été liés ni par les engagements les plus solennels, ni par les serments faits sur les saints. Et toutefois les Normands savent bien les réprimer, non pas par des trahisons, mais par les grands coups qu'ils donnent. Si les Français pouvaient réaliser toute leur pensée, le roi d'Angleterre n'aurait rien de ce côté de la mer : ils le feraient honteusement, s'ils pouvaient, repasser de

____

(1) Voy. sur ce point l'article de la *Romania* cité plus haut, p. 25, n. 4.

l'autre côté. Ils avaient cru le *gaber* au siège de Rouen ; ils pensaient s'emparer de lui, ou entrer par force dans la ville,.... Mais quand Henri approcha, ils n'osèrent pas l'attendre,.... Que le roi Henri se méfie, qu'il ne laisse pas les Français venir près de lui, qu'il les tienne à distance et communique avec eux par messages. Ils cherchent à l'enjôler : Dieu fasse qu'il s'en garde bien ! Ils sont dévorés contre lui d'envie et de haine, et voudraient bien lui changer le blanc en noir. Mais Henri est si sage, si vaillant et si puissant, il a tant de terres et tant de villes, il a tant d'hommes à son commandement, qu'il peut faire trembler Louis et les siens (1).

Il faut reconnaître que le chanoine de Bayeux voyait clair au moins sur un point : les Français n'avaient qu'un désir, rejeter le roi d'Angleterre outre-mer... Les Français d'aujourd'hui ne peuvent en vouloir à leurs aïeux du douzième siècle, et les Normands font maintenant chorus avec eux.

Un reproche que Wace fait aux Français de son temps, c'est d'être « avares de leurs dons et chiches dans leurs repas ». C'était le grand grief des Normands, apparemment plus magnifiques et plus dépensiers. Il est complaisamment développé dans la satire d'André de Coutances appelée le *Roman des Français* (2).

(1) Éd. ANDRESEN, t. I, p. 209-210.

(2) *Roman* ne signifie pas ici autre chose que « poème en langue vulgaire ». Le *Roman des Franceis* a été imprimé par

Ce curieux petit poème en quatrains monorimes
de huit syllabes a dû être écrit bien peu de temps
avant que la Normandie fût détachée de l'Angleterre et définitivement réunie à la France. Il est
inspiré par ce sentiment national passager dont je
parlais tout à l'heure, qui embrassait avec l'Angleterre et la Normandie tout l'ouest de la France.
André assure que les sentiments qu'il exprime
sont ceux des « Anglais, Bretons, Angevins, Manceaux, Poitevins et Gascons ». Tous sont unis
contre les Français, tous, par une singulière fusion,
regardent Arthur comme leur héros, et se rangent
sous la bannière d'Arflet de Northumberland, roi
des buveurs de cervoise, personnage fictif, qui doit
pourtant son nom au grand Saxon Alfred.

Le poème d'André de Coutances nous est par-
venu par un très heureux hasard, car ces œuvres
de polémique momentanée ne se conservent guère;
mais nous voudrions bien avoir celui auquel il
répond. C'était une satire française dirigée contre
les Anglais (et sans doute aussi contre les Normands), contre Arflet, dont on se moquait, contre
Arthur, auquel on faisait le reproche, qu'on répétait
encore plus tard aux Bretons quand on voulait les
mettre en fureur. d'avoir été tué par le grand chat
Chapalu, qui avait ensuite conquis l'Angleterre et

Jubinal, *Nouveau recueil de contes, dits, fabliaux* (Paris, 1845),
t. II, p. 1-12, d'après le manuscrit unique qui nous l'a conservé.
Je compte en donner une édition critique et commentée.

porté la couronne d'Arthur (1). Voilà ce que les Français, dit André, ont rimé « près du pot où ils font bouillir six pois », et ce à quoi André veut répondre *par iceles meïsmes leis*, c'est-à-dire dans la même forme poétique. L'histoire d'Arthur et du chat n'est qu'un mensonge prouvé, inventé par les Français, ces malheureux, ces *patarins* (2), ces mal nourris et tard couvés. La vérité, c'est qu'Arthur, après quatre autres rois d'Angleterre, a conquis la France, et qu'il a vaincu Frolle, roi de Paris. Cela, André le prend à Gaufrei de Monmouth ou à son traducteur Wace, mais il l'accommode à sa façon : il fait du combat d'Arthur et de Frolle, rivaux dignes l'un de l'autre dans sa source, un tableau grotesque, où le roi français est tout le temps aussi ridicule que lâche. On remarque dans cette facétie un procédé que le moyen âge employait souvent sérieusement, et dont Rabelais a fait le même usage plaisant que notre auteur : Frolle, quand on lui demande s'il veut enfin se

(1) Sur ce curieux épisode de la légende arthurienne, M. E. FREYMOND vient de publier une étude extrêmement savante où la question est traitée sous tous ses aspects : *Artus' Kampf mit dem Katzenungetüm*. Halle, Niemeyer, 1899 (extrait des *Beiträge zur Romanischen Philologie, Festgabe für Gustav Gröber*).

(2) Les *patarins* sont proprement des hérétiques venus d'Italie ; mais en France le mot était devenu un vague terme de mépris.

lever, répond *aol*. « et de personne d'autre que lui les Français n'ont pris leur *aol* » (c'est une forme plus archaïque que *otl* et qui n'est guère attestée que là) (1); il reste couché pendant qu'on l'*appareille*, « et c'est pour cela que les Français ont la coutume de se faire chausser dans leur lit ». —Avant de partir pour le combat, qui a lieu dans l'« île de Paris », Frolle, prévoyant qu'il n'en reviendra pas, donne aux Français des « commandements » qu'il leur fait jurer de tenir toujours : « Qu'il n'y en ait pas un de vous, dit-il, qui craigne Dieu et qui tienne sa parole ; soyez cruels et sans foi ; gardez jalousement votre avoir, prenez tant que vous pourrez de celui d'autrui ; soyez bons joueurs de dés, bons blasphémateurs de Dieu ; dans les cours d'autrui grands hâbleurs, petits faiseurs et grands vanteurs ; empruntez et ne rendez pas ; haïssez ceux qui vous font du bien ; bref, vivez comme des chiens ». Et les Français, assure maître André, ont fidèlement observé ce testament.

Il ajoute encore quelques coups de pinceau au tableau en parlant des Français ses contemporains. Il leur reproche de se rengorger d'autant plus qu'ils sont plus honnis, d'être introuvables quand on a besoin d'eux, de blâmer tout ce qu'ils voient à l'étranger.... Mais ce dont il s'égaie surtout, c'est la chicheté de leurs repas. Il fait de ces repas

(1) Voy. sur cette forme *Romania,* t. XXIII, p. 167.

une description burlesque dont j'essaierai de vous reproduire au moins quelques traits :

Quand le Français veut tenir cour et donner une vraie fête, il fait venir du pain de seigle ; on en distribue une part équitable à chacun ; on sépare la croûte de la mie, puis on met toutes les *soupes* (tranches de pain) dans la marmite, car de vaisselle il n'y en a pas ; mais quand il s'agit de les retirer on voit du grabuge. Aussi font-ils souvent un arrangement : pour qu'il n'y ait pas de tricherie, chacun lie sa soupe d'un fil et tient le fil dans sa main jusqu'à ce qu'elle soit bien trempée ; tant que le fil est intact, il est tranquille ; mais si le fil vient à se rompre ou à se dénouer et que la soupe s'en détache, c'est une mauvaise affaire, car chacun dit qu'elle est à lui. Alors on entend démembrer Dieu, jurer le ventre, la langue, la gorge : si ces juremens faisaient mal à Dieu, il ne durerait pas longtemps. Il y a là de belles querelles et souvent plus d'un coup donné ; mais pour mettre un terme à la discussion ils font un autre arrangement : ils décident que celui-là a le droit pour lui qui tient le fil dans sa main et qui jure qu'il en avait lié la soupe qui s'est détachée ; le discord se termine ainsi quand il a prouvé qu'elle était à lui, mais elle est bien souvent regardée et convoitée.

Quand ils mettent le pot au feu, ils placent près du pot un cuisinier ; s'il quittait son poste, ce ne serait pas un jeu pour lui : il risquerait gros ; il lui faut être bien attentif et tenir sa cuiller en main pour arrêter le bouillon, car si le bouillon débordait, la viande qui est dans le pot pourrait bien être entraînée dehors et un chat ou une souris l'emporter. Pour la trouver dans le pot, ils commencent par vider toute l'eau, et une fois qu'elle est bien enlevée, ils regardent, ils épient, chacun, dans une prière secrète, demandant à Dieu que le morceau se retrouve. Quand ils le trouvent, il y a dans tout le pays plus grande joie qu'on n'en fait outre-mer du feu nouveau (1). On apporte le couteau, et on découpe la viande en morceaux, petits si vous voulez, mais encore bien aussi grands que des jetons à jouer. S'il y a un morceau en sus, on fait venir les dés, et que celui l'ait à qui Dieu donnera le plus de points !

Les Français tiennent leurs nappes propres, et ils n'y ont pas de peine, car c'est pitié de voir ce qu'ils mangent. Quant au relief, il n'y en a pas, et les pauvres n'ont rien à en retirer. Les chiens aussi se plaignent, car ils n'ont même pas les os : ou le Français les a mangés tout entiers, ou il les a rongés de si près que quand il les lâche, le chien n'a pas lieu d'être content. C'est de là, et non d'autre chose, que vient qu'ils ont les dents si blanches : c'est l'habitude de ronger les os qui leur nettoie et blanchit les dents.

Retenons au moins ce dernier trait comme un éloge involontaire accordé à nos aïeux, et ne voyons dans le reste qu'une caricature. Elle n'était pas faite assurément pour plaire aux Français, et

(1) Il s'agit du feu qui, chaque samedi saint, était (et est encore) censé s'allumer de lui-même à Jérusalem dans l'église du Saint-Sépulcre.

le poète donne de sages conseils à qui voudrait
leur lire ses vers :

André termine ici sa charte : il l'envoie droit à Paris.
Que celui qui la lira ne s'assoie pas, car les Français
en seront tout crêtés. Si on la récite sur Petit-Pont (1),
celui qui la lira, s'il ne prend bien garde à lui, ou s'il
ne fait un saut dans la Seine, pourra bien avoir la tête
cassée.

Ces vers montrent que maître André avait étudié
à Paris, et connaissait les Français, comme le
Petit-Pont, *de visu*. Ce n'est pas une raison pour
qu'il les jugeât équitablement; mais il avait certainement raison de croire que sa satire les bles-
serait à vif. Il dut avoir quelques craintes pour
lui-même quand eut lieu l'annexion de la Normandie; mais il ne paraît pas avoir été inquiété,
et nous le voyons dans son âge mûr, ayant renoncé
aux « sonnets et danses » qu'il avait aimés, traduire paisiblement pour sa cousine l'*Évangile de
Nicodème* (2).

Ses sentiments pour la France avaient changé,
espérons-le, comme ceux de la province tout en-
tière. On sait avec quelle rapidité la Normandie
devint française. Le mépris universel dont était

(1) Le Petit-Pont était alors le rendez-vous habituel des
écoliers.
(2) Voy. ci-dessus, p. 33.

frappé Jean *sans Terre*, la renommée de roi sage
et de bon justicier que s'était acquise Philippe, ne
furent sans doute pas étrangers à ce revirement.
Ce qui le facilita aussi, c'est que beaucoup de seigneurs normands, possessionnés en Angleterre,
optèrent, lors de la grande répartition qui suivit
la « reconquête », pour leurs fiefs insulaires, en
sorte que ceux-là seuls restèrent en Normandie
qui y avaient de profondes racines. Mais surtout,
il faut le proclamer, l'union de l'Angleterre et de
la Normandie était contre nature ; celle de la Normandie et de la France était toute naturelle et
n'avait été rompue que par des circonstances exté-
rieures. Les Normands avaient eu beau nourrir
longtemps contre les Français des sentiments de
défiance et d'hostilité, au fond ils étaient Français,
non seulement par la langue, mais par les mœurs,
par les idées, par la façon de sentir et de penser.
Ils le devinrent bientôt par le cœur, et quand,
peu d'années après l'annexion, les Anglais vou-
lurent faire une descente en Normandie, comptant
sur la complicité des habitants, ils trouvèrent une
population qui, du haut en bas, était décidée à une
énergique résistance. Le sentiment français alla
toujours en se fortifiant dans la province, et elle
ne tarda pas à oublier complètement le temps où
elle s'envisageait comme faisant corps avec l'Angleterre et regardait la France d'un mauvais œil.
Vous savez quel patriotisme les Normands mon-

trèrent dans la guerre de Cent Ans (1), les luttes
héroïques dont le Mont-Saint-Michel fut le centre,
les complots et les insurrections populaires qu'a
si bien fait revivre M. Armand Gasté (2). Vous
savez quels vaillants soldats, quels audacieux ma-
rins, dignes héritiers des aventuriers d'autrefois,
la Normandie a fournis à la France. Vous savez
aussi que dans l'ordre littéraire elle n'a pas apporté
à la mère-patrie une moins riche contribution :
elle lui a donné l'éloquence patriotique d'Alain
Chartier, la lumineuse raison de Malherbe, la haute
et fière pensée du grand Corneille, la finesse de
Fontenelle, la critique acérée de Richard Simon,
la grâce attendrie de Bernardin de Saint-Pierre, la
puissante vision de Flaubert, le réalisme plastique
de Maupassant. Toutes les qualités de ces grands
écrivains sont bien françaises ; elles sont en même
temps bien normandes. Elles se retrouvent toutes
en germe chez les auteurs des temps lointains dont
je vous ai entretenus. C'est encore, je le veux
bien, chez ces vieux poètes, le bégaiement de
l'enfance qu'on entend, mais d'une enfance robuste
et saine, qui annonce déjà ce que sera la virilité.
Ils donnent une des notes principales, la note fon-
damentale peut-être, de notre littérature. Elle en

(1) Voy. S. Luce, *Chronique du Mont-Saint-Michel*, 2 vol.,
Paris, Didot, 1879 et 1883 (*Soc. des anc. textes français*).

(2) A. Gasté, *Les insurrections populaires en Normandie au
XV⁰ siècle*. Caen, H. Delesques, 1889.

a d'autres, à coup sûr, qui l'harmonisent richement. Je ne véux nullement déprécier la poésie
romantique, et si c'était ici le lieu, j'aimerais à
montrer que la pensée la plus lumineuse, pour
s'insinuer dans le cœur après avoir pénétré la
raison, gagne à s'envelopper de rêverie. Mais il
n'en est pas moins vrai que c'est la raison et la
clarté qui sont nos qualités maitresses, et que ces
qualités, les Normands, de tout temps. les ont eues
par excellence. Elles préexistaient dans votre race
quand elle a reçu l'afflux apporté par les *vikings;*
ceux-ci leur ont seulement donné une force nouvelle. Sur le tronc gallo-roman, déjà français, la
greffe scandinave devait seulement développer avec
plus d'énergie la sève héréditaire, la faire monter
plus haut et plus droit, la faire s'épanouir en une
plus riche frondaison.

Cette sève forte et féconde, je me suis borné à
en décrire la première poussée. Non seulement je
ne l'ai pas suivie jusqu'au sommet de la tige, mais
j'ai volontairement laissé de côté, non sans le dé-
signer parfois à votre attention, le puissant rejet
qu'elle a vivifié pendant des siècles, toute cette littérature anglo-normande, encore imparfaitement connue, et dont l'exploration méthodique offre à l'étude
un champ plein de promesses. Dans le pays conquis
par leurs aïeux, où ils transportèrent leur esprit,
leurs institutions et toute leur ardente activité, les
Normands développèrent avec une ampleur inatten-

due les dons qui leur avaient permis de constituer
en France leur nationalité propre et qui, de l'autre
côté de la Manche, leur avaient assuré la victoire.
Pour ne parler ici que de ce qui nous occupe direc-
tement, ils y créèrent toute une littérature, dans
laquelle ils montrèrent une variété plus grande
que celle qu'avait eue leur littérature continentale.
Au contact des Saxons et des Bretons de la grande
île, ils s'initièrent à de nouvelles formes de poésie ;
ils produisirent des œuvres qui, comme le poème
de *Horn* ou le *Tristan* de Thomas, donnèrent à
une inspiration anglaise ou celtique la forme, alors
dotée d'une sorte d'universalité, de la langue et
de la poésie française, et qui occupent une place à
part dans la littérature du moyen âge. Leurs œuvres furent à leur tour les modèles que suivit la
littérature anglaise quand, se relevant de la lé-
thargie qui l'avait frappée après la conquête, elle
reprit sa place au soleil. La veine normande dans
le développement de cette littérature a été pré-
pondérante au début et n'a pas cessé do se faire
sentir, en sorte que vous avez le droit de revendiquer une part, qu'on n'a peut-être pas faite
assez large, dans Shakespeare aussi bien que dans
Corneille(1). C'est là-dessus qu'en terminant je vou-

(1) Voyez ma leçon sur l'*Esprit normand en Angleterre*
dans *La Poésie au moyen âge*, 2ᵉ série (Paris, Hachette, 1895),
p. 45-74.

lais, Messieurs, appeler votre attention. Cette période lointaine et obscure de votre histoire littéraire, qui s'étend du Xe siècle au commencement du XIIIe, n'est pas seulement intéressante à étudier en elle-même : elle forme une introduction nécessaire à l'histoire de deux des plus grandes littératures européennes. Voilà, j'espère, de quoi vous dédommager largement de n'avoir pas été précisément les initiateurs de la poésie « romantique ».

www.ingramcontent.com/pod-product-compliance
Ingram Content Group UK Ltd.
Pitfield, Milton Keynes, MK11 3LW, UK
UKHW021500090726
13657UKWH00003B/1449